LES
YVRONGNES,
COMEDIE

SATIRIBULESQUE

A COLOGNE.

Chez PIERRE MARTEAV,

M. DC. LXXXVII.

ELOGE DES YVROGNES.

J'ose publier devant tous,
En faveur des bachiques trongnes,
Que le plus sage des Yvrongnes
Sera partout le Roy des fous.

AVERTISSEMENT.

SI les Hôtesses trouvent quelques traits Satyriques dans cette Comedie, je proteste ouvertement que mon intention n'est pas de toucher celles qui ont l'honneur pour guide, en voulant seulement a celles qui pleument l'oison avec trop de licence: & je souhaite que les pointes qu'elles y remarqueront, les puissent si vivement piquer, que leur rementevant leurs fautes presentes & passées, elles ayent la vertu de les faire venir a resipicence.

ACTEURS.

GUILLOT.
POTELIN.   } Yvrongnes.
RAFIN.

GUILLEMTTE, Hôtesse.
CERBERINE, Femme de Rafin.
FRINGALETTE, Servante.

COMEDIE

SATYRI-BURLESQUE.

SCENE I.

Guillot, Potelin, Guillemette, & Rasin.

GUILLOT.

QUoy ? vivre sobrement trois jours dans cette
   chambre,
Sans goûter jusque là* du boüillon de Septembre
N'est-ce pas déroger à ma vocation ?
Passé plus de vingt ans j'ay fait profession,
D'en offrir sans relâche au Dieu de la vendange,
Et maintenant je fais une diette etrange,
Laissant moisir le pot, le verre & le flacon ;
Moy qui suis en effet un fameux Biberon,
Exerçant le métier, j'auray bien plus de gloire
Qu'à chomer en ce lieu quant il est temps de boire,
Sça, ça, sortons d'icy, Mon amy Potelin,
Mon cher Emulateur serois-tu pas enclin
A venir chez Margot travailler à la pinte ?

POTELIN.

J'ay déja dans la pance un pot de vin d'Absinte,
Et j'ose me vanter, grac'au bon Dieu Bachus,
Qu'il contiendroit du pur encor pour deux écus ;

A 3

Al-

* *Il porte la main soûs le menton.*

Allons, tout à l'inftant j'en veux faire l'épreuve.

GUILLOT.

Dans l'ardeur de ma foif, je tarirois un fleuve,
Pourveu qu'il eût le goût d'un vin pur & bien meur.

POTELIN.

Sus donc amy, fortons, & nous mettons d'humeur:
Allons dix pas d'icy chés Dame Guillemette,
Elle eft de bon accueil, & dit bien la fornette.

GUILLOT.

Entrons.

POTELIN.

Je vois venir le Compagnon Rafin;
Sans doute qu'en paffant il nous fera du fin,
Cependant je veux bien crever de malvoifie
S'il ne vient avec nous mener la bonne vie.

GUILLOT.

Entrons fans luy parler.

POTELIN.

Courage c'eft du bon.
Hôteffe apportes-nous la coane d'un Jambon.
Du pâté bien poivré, du falé, du fromage,
Et de ce jus divin qui rend l'ignorant fage.

GUILLEMETTE.

Soyés les bien-venus: Demandés librement
Ce que vous defirés, vous l'aurés promptement.
Voicy de la liqueur que vous trouverés bonne,
Tous les jours elle fait des Docteurs de Sorbonne.
Car elle fait parler Hebreu, Grec & Latin,

Lor

Lors qu'on en sçait pinter du soir jusqu'au matin.

GUILOT

Par le grand Vigneron, Protecteur des Hôtesses,
Souverain Directeur du jeu de quatre-fesses,
Avalons de ce jus qui passe les Recteurs,
Puis qu'il a le pouvoir de faire des Docteurs.

Aprés avoir beu, il dit.

Ma foy ce Precepteur ne me semble pas rude.

POTELIN.

Ne perdons point de temps, mettons-nous à l'étude,

RAFIN *entre.*

Ha! ha! je vous y prens.

POT.

O! le bon moûtardier!

Que viens-tu faire icy?

RAFIN.

Je viens étudier.

GUILLOT.

Etrange nouveauté de voir le Protecole.
De tous les Biberons venir à nôtre Ecole.

RAFIN.

Tu me dois surpasser en certaine façon?
Car, a ce que je vois, tu sçais bien ta leçon
Et moy, pauvre idiot, j'ignore encore la mienne.

POT.

Tiens Rafin mon amy, recordes bien la tienne.
Plonge tous tes esprits dans ce docte element:
Ne differes donc pas, & crois qu'asseurément

A 4　　　　　　Ce

Ce volume imprimé d'un rouge caractere,
Te fera concevoir le plus caché mistere;
C'est à dire en deux mots qu'il te rendra profond,
Mais pourtant de bon cœur il en faut voir le fond.

RAFIN.

J'entens qu'il me faut voir le fond de cette coupe.

GUILLOT.

Poussons à la santé de la bachique troupe.

POTELIN.

Il faut continuer, & montrer qu'en beuvant
L'Homme le plus grossier peut devenir sçavant.

GUILLEMETTE.

Poussés, je vous promets en bonne conscience
Que bien-tôt vous serés tout farcy de science.

RAFIN.

Verse-nous donc sans fin de ce vin savoureux,
Et reçois de Rafin ce baiser amoureux.

SCENE. II.

Guillemette & Fringalette.

GUILLEMETTE.

Voila des bonnes gens.

FRINGALETTE.

Ces Galans ont la mine
De bien faire valoir la cave & la cuisine,
Et de se recréer.

GUILLEM.

A ne pas te mentir,

Je les vois difposés a bien fe divertir.

FRINGALETTE.

Ne leur faut-il plus rien ?

GUILLEM.

Il ne leur faut qu'à boire.
Tires-en promptement, & fans m'en faire acroire,
Ne leur épargnes-pas l'element du poiffon.

FRINGAL.

C'eft à dire qu'il faut baptier leur boiffon.
Quel entretien ont ils ?

GUILLEM.

Un entretien folâtre.

FRINGAL.

Cependant je prevois que l'un vous idolatre.

GUILLEM.

Tous trois également me careffent des mieux.

FRINGAL.

Mais d'où vient que Rafin, vous faifant les doux yeux,
Cole avec tant d'ardeur fa bouche fur la vôtre.

GUILLEM.

Rafin joüe fon jeu, & nous joüons le nôtre. *

SCENE III.

Cerberine, Guillemette, Rafin & Fringalette.

CERBERINE.

JEl'ay veu, je l'ay veu ce malheureux mutin,

A 5 Je

* *Elle verfe de l'eau dans le vin.*

Je l'ay veu fur le foir courir comme un lutin,
Et je le vois crever de vin & de viande.

GUILLEMETTE.

Quel vacarme fais-tu ? qu'eſt-ce que tu demande?

CERBERINE.

Je demande un Yvrongne, un Homme ſans ſoucy,
Un prodigue, un pourceau, bref un vray racourcy
De tout ce qui ſe void d'infame dans le monde.

RAFIN.

Adieu plaiſir, j'entens Cerberine qui gronde.
Il faut faire mon mieux pour ſa rage appaiſer.
Ma mignone, viens-cy, laiſſe-moy te baiſer.

CERBERINE.

Va-t'en, va t'en vilain farcy d'action noire,
Eponge de taverne, eſcrement de machoire,
Va-t'en, va-t'en baiſer les tonneaux & leurs flux,
Comme les vrais objets que tu cheris le plus.

RAFIN.

Quel hurlement d'enfer ? quelle chanſon étrange?

CERBERINE.

Chantant comme je fais, c'eſt chanter ta loüange;
Qui connoit ta vertu n'en peut jamais douter.

RAFIN.

Pour moy, je ne ſçaurois ces faux tons écouter,
Sans dire en quatre mots, excuſant ta foibleſſe,
Que ſi c'eſt là chanter, c'eſt chanter en diableſſe.
Retire-toy d'icy, laiſſe-nous en repos,
Ou vien-nous entonner la muſique des pots.

CER-

CERBERINE.

Entonne, que ton cœur te paſſe par la bouche,
Miſerable crevé.

RAFIN.

Hola, beſte farouche.
Sans beaucoup heſiter, il faut changer de ton,
Si tu ne veux goûter du fruit de ce bâton.

CERBERINE.

Mille coups ſur le dos & autant ſur la trongne
Ne ſont fruits de bâtons, mais bien fruits d'un Y-
vrongne.

RAFIN.

Paix, paix, il n'eſt pas temps de mener tant de bruit,
C'eſt plus-tôt la raiſon de gouter de mon fruit ;
On s'en void dégoûté pour peu que l'on le touche,
Il eſt dur a macher, & piquant à la bouche.

GUILLEM.

Cerberine, aprés tont, c'eſt beaucoup endurer,
La douceur d'un Mary ne peut toûjours durer ;
Bien ſouvent du midy le vent retourne en biſe ;
Tant va la cruche à l'eau qu'à la fin elle briſe.

CERBERINE.

Si ce n'eſt quant il prend du boüillon de naveau,
De me voir bien draper ce n'eſt rien de nouveau :
Car quant il eſt garny de l'étoffe de Boonne,
De Mozele ou d'Ay, je ſçay ce qu'en vaut l'auſe,

GUILLEM.

C'eſt pourquoy, le voyant goûter de ma boiſon,

Tu

Tu voudrois de bon cœur qu'il devint un poisson,
Afin qu'il n'avalât que de l'eau de riviere,
Et ne te frotât plus de graisse d'etriviere.

CERBERINE.

Ce me seroit, sans doute, un heureux changement,
Mais il succederoit à ton grand detriment.

GUILLEM.

A mon grand detriment? je crois que tu te gausses?

CERBERINE.

Tu ne moüillerois plus tes croutes dans ses saufles,
Et ne plumerois pas l'oizon comme tu fais.

GUILLEM.

Te faut-il décocher sur moy les derniers traits
De ta maudite humeur? As-tu cette croyance
Qu'aux dépens de Rafin je viens remplir ma pance?

CERBERINE.

Aux dépens de Rafin, aux dépens de Guillot
Tu mets la main au plat, & le nez dans le pot,
Sans honte & sans façon, & tu n'ouvres la porte
A toute heure du jour qu'à celuy qui t'aporte.

GUILLEM.

Les borgnes, les boiteux, les grands & les petits
Peuvent dans mon logis prendre leurs appetits;
Tous me sont bien-venus pourveu que l'argent
sonne.

CERBERINE.

C'est ainsi qu'avec tous on fait de la friponne,
Et que tous ont pouvoir de prendre leurs ébats

Au son de ce metal tant par haut que par bas.

GUILLEM.

Que veut dire ce bas, maudite creature ?
Je n'ay jamais rien fait.

CERBERINE.

Deux pieds soûs la ceinture.

Mais. . . . .

GUILLEM.

Mais.

CERBERINE.

Mais.

GUILLEM.

Mais, mais, mais, laissons là ce discours,
Craignant que ton Mary ne vienne à mon secours,
Et qu'il ne frotte enfin tes bras & tes épaules
De tripes de fagots ou bien d'huile de gaules.
J'en verray des effets.

CERBERINE.

D'un transport furieux,
Je t'ôterois plus-tôt la prunelle des yeux
Que tu ne me verrois. . . . .

FRINGALETTE.

Quel Demon te transporte ?
Quelle honte de voir t'emporter de la sorte.
Te voyant clabauder hors de toute saison,
On croiroit que le diable est en cette maison.
Si ces gens ont la fievre, & que la soif les presse
A se desalterer, qu'en peut nôtre Maîtresse ?

On

On ne fçauroit nier qu'en telle extrémité,
Vendant même fon vin, c'eft faire charité.
        CERBERINE.
Je veux bien avoüer qu'elle eft fort charitable,
Mais c'eft affeurément au lit aprés la table.
        FRING.
Ne parles pas du lit, elle eft femme de bien.
        CERBERINE.
De la table & du lit Rafin fait pour combien.
Le voyant fur la rüe, on le flate on l'apelle,
Difant paſſeras-tu devant cette chapelle
Sans dire une oraifon. Viens Rafin mon amy,
Tu fçais bien que je t'aime un peu plus qu'à demy,
Et que je te careſſe au deſſus de tout autre;
Viens y mon cher Mignon dire une patenôtre.
A ce difcours flateur, il entre en la maifon,
Faifant du charlatan, & pour toute oraifon,
Il luy dit: ma Mignonne, emplis-nous la bouteille
A l'honneur de Bachus je vay faire merveille,
Et rendre en même temps ton defir fatisfait.
Aprez tout ces doux mots, Dieu fçait ce qu'on y fait
Cependant, j'ofe bien dire que fans refource,
En diverfes façons on luy vuide les bourfes.
        FRING.
Va-t'en vomir ailleurs ta medifante humeur,
On ne fait rien chez-nous qui ne bute à l'honneur.
        CERBERINE.
Ma medifante humeur? Apelles-tu medire

                 Tou

Toutes ces verités ? j'en ay bien d'autre a dire.

FRING.

Pour moy, je ne veux plus écouter ton caquet.

CERBERINE.

Mon cœur n'a pas encor déchargé son paquet.
Quant ce goinfre achevé se vient remplir la pance,
Il luy serre la main, il rit, il chante, il danse,
Et ce beau passetemps qui me choque & me nuit
Dure le plus souvent jusqu'aprez la minuit.
Et puis quant il a fait ses dernieres gambâdes,
Il retourne au logis me donner des aubades,
Sifflant, criant, hurlant comme un vray Lucifer,
Et poussant des motets à l'usage d'enfer
Le reste de la nuit. Et ce qui plus me fache,
Aprez tant de tourmens, c'est qu'il va sans relache.
De la table au foyer, du foger au buffet,
Du buffet au grabat, tellement qu'en effet
Il furette par tout, il peste il se demenne,
Et jamais son furet n'entre dans sa garenne.

FRING.

O! que voila ton cœur joliment déchargé.

CERBERINE.

Ce que je conte icy n'est rien qu'un abregé
De ses comportemens: je te jure & proteste
Qu'il faut bien quatre jours pour te conter le reste.
Avec plus de loisir j'en feray le devoir. *

FRING.

Adieu la bonne Femme.

    * *Elle s'en va.*   **CER-**

CERBERINE.

Adieu jusqu'à revoir.

SCENE. IV.

Rafin, Fringalette, Guillot, Guillemette, Cerberin
& Potelin.

RAFIN.

POur le repos du corps auſſibien que de l'ame,
Delivres-nous Seigneur d'une mauvaiſe Fame!

FRINGALETTE.

T'en voila delivré: Mais dans fort peu de temps
Elle doit revenir troubler nos paſſetems.

GUILLOT.

Qu'elle revienne icy hurler pour nous diſtraire,
Je ne laiſſeray pas de boire à l'ordinaire,
Et de me recréer: car tout ſon hurlement
Ne peut eſtre pour moy qu'un divertiſſement.

GUILLEM.

Tu parles bien Guillot: Mais la voyant d'emblée
Entrer dans mon logis, faire de l'endiablée,
Palir, roüer les yeux, rougir, grincer les dents;
Tenir à ſon Mary des diſcours impudents:
Tirer la langue, & faire une grimace étrange:
Avoir entierement l'humeur d'un mauvais Ange,
Me dire autant de mal qu'il peut luy ſuggerer,
Certes cela n'eſt pas facile à digerer.

POTEL.

Qu'elle ait entierement l'humeur d'une Cerbere.

Je me moque de tout quant j'empoigne le verre.
Vuides-le quatre fois ; je suis d'opinion
Qu'il n'est rien de meilleur pour la digestion.

GUILLEM.

Qu'en dis-tu mon Rafin ?

RAFIN.

L'essence de la vigne *
Echauffe l'estomach, & sa valeur insigne
Epure nos esprits, chasse tous nos ennuis,
Et nous fait respirer mil agreables nuits.
O divine liqueur ! O nectar admirable !
Noye tous les chagrins qu'une ame abominable.
Me cause tous les jours : & fais qu'avec plaisirs
Je puisse librement assouvir mes desirs.
Sans interruption.

CERBERINE entre.

L'essence de la vigne,
Pourit ton estomach, & sa vertu maligne
Etouffe tes esprits ; & chassant tes ennuis
Elle me fait souffrir mille mauvaises nuits.
O mandite liquent ! O nectar execrable !
Noye tous les tourmens qu'un goinfre insatiable
Me cause tous les jours & fais que mes plaisirs
Puissent luy succeder selon mes bons desirs
Au milieu de la mer.

RAFIN.

Ha ! c'est chose asseurée

B   Qu'un

* Cerberine ecoute à la porte.

Qu'un plaisir n'est jamais de fort longue durée !
Faut-il que ce demon nous fasse tant patir,
Quant nous ne commençons qu'à nous bien diver-
    tir ?
Objet de mes tourmens quitte le nom de femme,
Il te faut desormais prendre celuy d'infame ;
Abandonne ce lieu, poison de mes plaisirs,
Horreur de tous mes sens, cause de mes soûpirs,
Abandonne ce lieu ?

CERBERINE.

Ha ! c'est chose asseurée
Qu'un mécontentement m'est de longue durée.
Faut-il qu'un biberon me fasse tant patir,
Quant il ne tient qu'à luy de me bien divertir.
Objet de mes ennuis, quitte le nom d'infame,
Et ne tourmente plus ta miserable femme :
Abandonne le vin, poison de mes plaisirs,
Horreur de tous mes sens, cause de mes soûpirs,
Abandonne le vin ?

RAFIN.

O langue serpentine !
Sur le bord d'Acheron va faire la mutine.
Retire toy serpent, retire-toy d'icy,
Et ne retourne plus me donner du soucy.
Vîte avec les demons va-t'en vomir ta rage,
Et ne m'ontrage plus.

GUILLOT.

Je crains un grand orage.

Je me connois au tems ; & même je prevois
Qu'il tombera dans peu de la grêle de bois.
Mais prens garde, pourtant, qu'en faisant trop la bête
Cette grêle à la fin ne t'ecrase la tête.

CERBERINE.

J'entens bien ton jargon.

GUILLOT.

Si tu m'entens si bien ,
Tais-toy donc, tais-toy donc.

CERBERINE.

Moy ? je n'en feray rien.

GUILLOT.

Tais-toy dis-je pour Dieu.

CERBERINE.

Qu'il se taise luy-même.

GUILLOT.

A force de colere, il est rouge à l'extréme.

CERBERINE.

C'est la force du vin qui rougit son museau;
A celuy qui ne boit que du megue & de l'eau
La couleur de Bachus ne peint pas le visage.

RAFIN.

Viste, hors de ce lieu va tenir ce langage.
Viste encor une-fois, ou je peindray ton corps
Avec le dur pinceau de la couleur des morts ;
Et te feray paroître en étrange posture.

CERBERINE.

Au diable mille-fois le Peintre & sa peinture,

B 2

Son

Son art & ſes couleurs ſont au bout d'un bâton,
Cent-fois il m'en a peint la joüe & le menton.

GUILLOT.

Garde les derniers traits, ils ſont du tout à craindre,

RAFIN.

Le pinceau eſt tout prêt pour l'achever de peindre.

POTELIN.

Peins tant que tu voudras ce beau monſtre infernal,
Jamais tu n'en feras un bon original.
Laiſſe-le clabauder, & ſi tu m'en veux croire,
N'employons nôtre temps qu'à chanter & bien
  boire ;
C'eſt l'unique moyen de charmer le ſoucy.
A toy, a toy Rafin.

RAFIN.

Potelin grand-mercy.

Pouſſe, pouſſe de trois, depeche amy depéche.
Par bleu j'ay le gozier plus ſec qu'une flaméche,
Et le pauvre eſtomach plein d'inflamation :
Mon cœur ſe ſent flétrir, & d'alteration.
Je crache de la chaux.

POTEL.

V oicy dequoy l'eteindre.

Avale compagnon, il n eſt plus temps de feindre *
Cette liqueur ne fait qu'augmenter ſon ardeur.

GUILLOT.

La chaux étant moüillés augmente ſa chaleur.

RA-

* Raſin dit aprez avoir bû.

RAFIN.

Je la mouilleray tant qu'on verra le contraire.

CERBERINE.

Créve-toy tout d'un tems, si tu veux me complaire.

GUILLOT.

Oses-tu bien choquer ton Mary si souvent?

CERBERINE.

Ce n'est pas mon Mary, c'est un tonneau vivant.

GUILLOT.

Endurant comme il fait ton altiere insolence,
Je crois plus-tôt que c'est un Job en patience,
Aussi bien qu'en bonté : car tout autre que luy
Ne souffriroit jamais ce qu'il souffre aujourd'huy.

CERBERINE.

Belle comparaison d'un goinfre à un St. homme.

RAFIN.

Impudente, à ce coup il faut que je t'assomme.

CERBERINE.

A l'aide mes amis !

GUILLOT.

Evitons un malheur.

POTEL.

Hola, hola Rafin moderes ta fureur.
Tu ne gagneras rien par coup ni par menace.
Veux-tu vivre en repos? pousse-la sur la place;
Tu ne peux mieux agir qu'en luy faisant ce tour,

GUILLOT.

Et puis pour éviter son importun retour,

Fer-

Ferme la porte au nés de l'infernale bête
Afin de l'empecher de troubler nôtre fête

RAFIN.

Je suivray vos conseils sans tarder un moment.
Sça ça demon d'enfer, treve à ton hurlement.
Au nom du grand Bachus & de sa bonne bande,
De sortir de ceans, demon, je te commande.

CERBERINE.

Au nom de belzebut sortes-en le premier

RAFIN.

Ca ça, ça, ça, passons le trou du Charpentier.

SCENE V.

Rafin, Potelin, Guillot, Guillemette, & Fringalette.

RAFIN.

JE crois que desormais nous passerons la nuit
Sans chagrin, sans tourment, sans colere & sans
bruit.
Osant bien vous jurer que cette forcenée
Ne peut plus revenir que par la cheminée:
Car elle est sur la ruë, & derriere & devant
Tout est barricadé.

POTELIN.
Chantons d'orênavant

Vive le cœur joyeux.

GUILLOT.
Dans l'état ou nous sommes,

Beuvons plus-tôt du jus qui fait les ſçavans Ham-
mes.

FRINGAL.

En voicy du meilleur.

POTELIN.

Pour moy tout le premier,
Je vay faire valoir un trait de mon métier.

GUILLEM.

Et toy mon doux Rafin, mon amy neceſſairre,
Mon pivot, mon poteau, quel metier ſçais tu faire?

*Rafin, aprés avoir beu, prend Guillemette par
la main en chantant ces couplets.*

Je ſçay des bons métier Madame,
Si vous avés beſoin de moy,
Je proteſte & jure la foy
De vous ſervir de cœur & d'ame,
Et de vous montrer en effet
Que je ſuis un ouvrir par fait.

Comme un Cuiſinier ſans reproche,
A larder je ſuis le premier,
Je farcis le mieux le gibier,
Et ſçais fort bien les mettre en broche:
Encor ce qui ſurpaſſe tout,
Mes ſauſſes ſont d'excellent goût.

De plus Madame, je me vante

Dʳᵉ

D'étre un Jardinier fort expert,
Jamais on ne me prend fans vert,
Et toujours je feme & je plante,
Et tant le foir que le matin,
J'arrofe le joly, Jardin.

Outre cela, je me prefume
D'étre un fort adroit Maréchal :
Car je travaille fans égal
Du joly Marteau fur l'enclume ;
Et fachés que tout d'un plein faut
Je bas le fer quant il eft chaud.

Même pour l'art de la peinture
Châcun m'eftime infiniment :
Car je travaille adroitement
Suivant les regles de nature,
Et pour l'ardreffe de mes traits,
Je fais parler tous mes portraits.

Madame, tous ces âvant ages,
Dont je me vante ouvertement,
Je les ay naturellement
Sans faire aucuns apprentiffages ;
Et cependant n'en doutez pas,
J'ay paffé Maître au Païs-bas.

      GUILLEMETTE.
Voila des bons métiers : mais il faut du courage,

Et

Et beaucoup de vigneur pour les mettre en usage.

R A F I N.

Pour bien m'en aquiter, j'en ay plus qu'il n'en faut;
Car jamais au travail le cœur ne me deffant.

G U I L L E M.

On en void plus de cent faire mêmes bravades,
Et quant ce vient au fait, ce sont des gens si fades.
Qu'ils ne font que brouiller.

R A F I N.

             Et moy je te promets
Qu'a tous ses bons métiers je ne manque jamais;
Et toujours je besongne en extreme a largresse :
Mais te voyant a tort douter de mon addresse,
Prens-moy, je t'en conjure un quart d'heure a l'essay
Pour juger sainement des métier que je sçay.

G U I L L E M.

Il ne faut pas d'essay : car voyant le visage,
Et les traits de l'ouvrier, on juge de l'ouvrage.

F R I N G A L.

Te voila bien payé.

R A F I N.

             Sur ce bas element
Je ne puis esperer un plus doux payement,
Ni plus avantageux : car faisant la mauvaise
Elle cache un secret qui me fait mourir d'aise.

F R I N G.

Dans un pareil espoir, on se trouve souvent
Comme un cameleon qui se repaît de vent.

Tais-toy, tais-toy Rafin, ce n'eft pas ce langage
Qui fera parvenir ton Chat à fon fromage.

SCENE VI.

Guillot, Rafin, Potelin & Fring.

GUILLOT.

QUelle demangeaifon de perdre ainfi le tems?
Pour moy je veux chercher un autre paffe tem
Ou bien me retirer.

RAFIN.

Je n'y fuis pas contrain,
Songe a ce que tu veux, tu vois l'homme tout faire,
Rions, chantons danfons, beuvons, faifons grand
bruit,
Joüons au cul-levé tant de jour que de nuit,
Joüons au reverfis, joüons au trou-madame,
Je foûmets tous mes fens aux plaifirs de ton ame,
Sans nulle exception.

POTELIN.

Et moy je fais des vœux.
De foûmettre les miens a tout ce que tu veux.

FRING.

O les bons Compagnons! O que c'eft chofe belle
De boire le bon vin, & vivre fans querelle!
Admirant l'union de ces trois confidens.
On doit les comparer a la fourche a trois dans,
Dont l'un ne peut fans l'autre.

R A

* *Elle s'en va.*

RAFIN.

O l'esprit admirable !
Jamais comparaison ne fut plus recevable.

POTELIN.

Treve sur ce sujet, ça divertissons-nous.

RAFIN.

A quoy se divertir ? A tâter des genous ?

GUILLOT.

Ce divertissement consiste en peu de chose.

POTELIN.

Compagnons, ce n'est pas cela que je propose.

RAFIN.

Que proposes-tu donc ?

POTELIN.

Je propose en un mot
De joüer entre nous une pinte à l'écot.

RAFIN.

Je le veux. Toy Guillot ?

GUILLOT.

O la belle demande !
Mais avant tout beuvons deux coups à l'Allemande.

POTELIN.

Des cartes Fringalette.

FRING.

Attendés un moment,
Vous en serés servis.

GUILLOT.

Jouons fidelement.

Fring.

Fring, parle à Guillem.

Je vois ces bon galans tous trois en allegresse
Balotter la bouteille avec beaucoup d'addresse.
Mais ils veulent joüer; Je crois qu'en ce buffet
Je trouveray dequoy: Amis j'ay vôtre fait.

RAFIN.

Comment joüerons-nous ?

POTELIN.

A trois jeu pour la pinte.
L'un de nous allant bas.

RAFIN.

Sus donc, poussons sans feinte
Je suis bas cette-fois.

POTELIN.

Tu pouras a loisir
Dire le petit mot, & boire avec plaisir.

POT.

Voila ton jeu Guillot.

GUILLEM.

Le sor m'est favorable,
L'on ne pourroit avoir un jeu plus souhaitable. *

POT.

Que fais-tu ? Que fais-tu ?

GUILOT.

Moy ? je trace deux jeux

POTEL.

Tu n'en marqueras qu'un.

GUIL

* *Il trace deux jeux.*

GUILLOT.
Morboy , j'en gaigne deux.

POTEL.
Comment deux ? Comment deux ? Tu gaignez le
grand diable ;
J'ay la derniere main.

GUILLOT.
La peste qui t'acable ;
Je gaigne ces deux jeux.

POTEL.
Double fils de putain.
Tiens, voleur approuvé, voila ton juste gain. *

GUILLOT.
O traître ! O malheureux ! il faut que je te mange.

GUILLEMETTE. *entre.*
Quel spectacle nouveau? Quel changement etrangé;
A l'aide Fringalette , au secours mon Rafin :
Guillot dans sa furie étrangle Potelin.

RAFIN.
Hola, hola Messieurs. Faut-il prendre querelle
Entre les bons amis pour une bagatelle ?

FRING.
Voila ce qu'on y gaigne. Au diable soit le jeu.
Prenons ces cartes là , jettons les dans le feu,
Et qu'on n'en parle plus.

RAFIN.
Amis que l'on accorde

* *Il luy jette les cartes au nez.*

Com-

Comme devant vivons en parfaite concorde.

POTEL.

En fait de tricherie, il n'y a point d'amis

RAFIN.

Je n'y contredis pas. Mais qu'il me soit permis,
De dire qu'on peut bien se tromper de la veuë.

GUILLOT.

Oüy, nôtre different provient d'une beveuë,
Ou que je sois grillé comme fut St. Laurens

RAFIN.

O le plaisant sujet ! O le beau different !
Sça mes chers Compagnons, qu'on empoigne le
 verre,
Au lieu de pistolet, pour finir cette guerre.

GUILLOT.

A toy.

POTELIN.

A toy aussi. Noyons nôtre chagrin
Et nos mauvais dessein dans un tonneau de vin.

FRINGALETTE.

Avalés, avalés de ce jus sans melange,
Et vous aurés tousjours des vrais sentimens d'Ange.

SCE

SCENE. VII.

Guillemette & Fringalette.

GUILLEM.

CEs Messieurs sont d'accords, mon cœur est en
    repos,
Mais n'ont-ils point cassés des verres & des pots?

FRINGALETTE.

Non, je ne le crois pas, si neanmoins par terre
Vous trouvés en marchant quelques pieces de verre,
Ne vous en fachés pas : car parlant franchement,
Les voyant se gourmer, j'ay repris finement
Ces trois que vous voyés, & des plus fines glaces,
Et puis j'en ay remis des cassés en leurs places.

GUILLEMETTE.

S'ils l'ont veu, c'est assé pour nous des honnorer.

FRINGALETTE.

Veu? Ils n'avoient des yeux que pour se devorer.
J'ay bien fait d'autre coups, & cependant personne
Du moindre mechant trait jamais ne me soupçonne.

GUILLEMETTE.

Tant mieux. Mais apres-tout, le reste est-il entier?

FRINGALETTE.

Tout est en même état comme il se trouvoit hier.
Ne vous troublés de rien, j'ay soin de toutes choses.

GUILLEM

C'est aussi sur tes soins que mon ame repose.

SCE

SCENE VIII.

Potelin, Guillot, Rafin & Fringalette.

POTELIN.

GUillemetté a raison de dire que son vin,
A la vertu de rendre un homme tout divin :
Car depuis peu de temps quelque celeste flame
Beuvant de sa liqueur s'est logée en mon ame ;
Si bien qu'en tel état je fais ce que je veux :
Je compose un Roman sur deux on trois cheveux.
Je crache deux-cens vers en moins de demie heure
Et de tous les Auteurs ma vene est la meilleure.

GUILLOT.

Ma foy, j'en tiens aussi, & crois certainement
Que son vin à purgé mon lourd entendement,
Et qu'étant inspiré des esprits de la cave,
J'écris en charlatan où j'ay le discours grave.
Ce matin je n'avois ni joye, ni caquet,
Et maintenant je chante & cause en perroquet.

RAFIN.

Et moy pour dire tout, de compose a merveille
Depuis que j'ay trouvé le fond de la bouteille ?
Temoin une chanson avec un air nouveau
Que je viens de forger sur le cul d'un tonneau.

POTEL.

Chante la cher amy que mon ame idolatre.

RAFIN.

Il faut premierement que je boive de quatre,
Et que de quatre aussi tu me fasse raison.

P 0

POTEL.

Tope, je le veux bien. Mais pousse la chanson.

RAFIN Chante.

Bannissons la melancholie
Mere nourice de folie. } bis.
Fuyons les amoureuses loix,
Pendant que nous sommes sur terre
Carressons le peinte & le verre,
Et dégoisons a haute voix,
Teray, teray, tantay, terire, } bis.
Teray, teray, tantirolire.

Celuy qui passe sa jeunesse
Soûpirant pour une Maitresse } bis.
Ignore la vertu du vin,
S'il goutoit de ce sain breuvage,
Au lieu de languir en servage,
Il chanteroit d'un ton divin
Teray. &c.

C'est le doux nectar de mon ame,
L'unique entretien de ma flame, } bis.
Mon amour & mon element,
Et lors que je m'en rassasie
Je n'ay rien dans la fantasie
Que de chanter alaigrement.
Teray. &c.

C   FRIN-

FRING.

Meſſieurs , ſoyés d'humeur recrées vos eſprits
Qu'à jamais les ennuis de vos cœurs ſoient proſ-
crits :
Que toûjours vous ayés dequoy remplir le ventre;
Qu'à ſouhait vous teniés la cloris dans un antre,
Ou dans quelque autre place , ou vous puiſſiés tous-
jours,
Cœuillir ſecrettement les fruits de vos amours.

POT.

Je t'y voudrois tenir.

FRING.

Que penſerois-tu faire ?

POT.

Je n'entreprendrois rien a ton deſir contraire,
Quoy que tu recevrois un coup de piſtolet,

FRING.

Je crois que tu veux dire un coup de gobelet ;
Car pour ton piſtolet , ne l'avance à perſonne
Puiſqu'à mon jugement te poudre n'eſt pas bonne.
Et j'oſe maintenir te jugeant fade & froid
Que pour tirer au but tu n'es pas fort adroit.

POTELIN.

Si tu veux condamner ma poudre & ma ſcience,
Du moins que ce ne ſoit qu'aprés l'experience.

FRING.

Toûjours les ignorans penſent beaucoup ſçavoir.

POTELIN.

Quant tu ſeras d'humeur je te feray bien voir

Que

Que je n'avance rien que je ne puisse faire.

FRING.

C'est peu de se vanter, c'est tout de satisfaire.

POTEL.

Je suis prest. . . .

FRINGAL.

De vuider les pots & les tonneaux
Et de rendre invisible un plat de pingeoneaux.
N'est ce pas le vray but où vise ta pensée ?

POTELIN.

Châcun sçait que l'amour veut de la fricassé ;
Aussi ne veux-je pas les bons mots rebuter,
Afin d'estre assés fort pour te culebuter.

FRINGALETTE.

Je tiens qu'asseurément il croit parler au verre
Car le culebuter, c'est tout ce qu'il sçait faire. *

POTELIN.

Arrête Fringalette. Ecoute encor un mot.

FRINGALETTE.

Jamais il n'est plaisir d'écouter un marmot.

RAFIN.

He ! Tu perds bien ta peine a conter ces frivoles: †
Car elle estimé autant le vent que tes paroles.
Tu gaignerois bien plus a renverser le pot.
A toy mon Potelin.

C 2   PO-

* *Elle s'en va.*
† *Elle écouté à la porte.*

POTELIN.

Grand-mercy mon Guillot.
Encor chacun six coups nous aurons l'avantage
D'estre les plus sçavans de tout le voisinage.

GUILLOT.

Il est vray. Mais je crains que tout nôtre sçavoir
Coûtera nos manteaux.

POTELIN.

Encor le faut-il voir.

GUILLOT.

C'est le diable qu'allant promener à la fête,
Un filou de ma bourse a fait une conquête.

POTELIN.

Moy qui n'ay point d'argent, il faut sans contredit,
Ou demeurer en gage, ou me donner credit.

RAFIN.

Et moy lors que je bois, ce m'est une coutume
De payer mon Hôtesse avec un trait de plume.
Laissons ces menus soins au son du gobelet,
Et sans nous chagriner dansons nôtre balet.

SCENE IX.

Guillemette & Fringalette.

GUILLEM.

L E vin de ces Messieurs est-il de couleur blé-
me?

FRING.

FRINGALETTE.

De quoy vous peinés-vous s'il a receu baptême.

GUILLEMETTE.

Voila qui va des mieux. Combien ont-ils de pots ?

FRINGALETTE.

Je viens d'en tirer quatre & j'ay marqué trois lots. *

GUILLEMETTE.

Tout cela va tres-bien: Mais voyons si ces droles,
Ont les goussets garnis d'écus ou de pistoles.

FRING.

Sondés un peu l'affaire, & voyés ce qu'ils font,
Sans-vous dissimuler, je redoute un affront.
L'un dit qu'il a perdu son argent à la foire,
L'autre qu'avec argent, il ne va jamais boire.
Faites que leur dessein vous soit bien-tôt connu;
Il vaut mieux prevenir que d'être prevenu.

SCENE X.

Guillemette, Potelin, Guillot & Rasin.

GUILLEM.

Quoy diable ! ces Messieurs nous font icy du fin,
Ils mangent ma viande & boivent tout mon vin,
Cependant je prevois que ces ficheurs de coles
N'ont pas a me donner seulement deux oboles.
Par le Dieu des crevés, qu'ils ne s'y frotent pas,

C 3   Je

* *Trois lots sont six pots en Flandre.*

Je leur feray laiſſer chauſſés , ſouliers & bas.
Même j'ay reſolu ſans aucune remiſe
De le faire ſortir de ceans ſans chemiſe.
Ils verront ce que c'eſt de me vouloir tromper.

POTELIN.

Hola tiſon d'enfer , que l'on ſonge au ſouper.

GUILLEM.

Il eſt minuit ſonné , qu'on ſonge à la retraite.

GUILLOT.

Nous allons a l'inſtant chez-nous tout d'une trai-
te.

RAFIN.

Et moy je te promets qu'avant ſortir d'icy
Tu me diras encor douze fois granmercy.

GUILLEM.

Ce ſera donc ſans vin; car la cave eſt fermée.

RAFIN.

En l'ouvrant croirois-tu perdre ta renommée.

GUILLEM.

Non, non, mais j'oſe bien proteſter hautement
Qu'elle ne s'ouvrira qu'avec la clef d'argent.

POT.

La clef qu'il faut avoir ſe trouve en ma pachette. *

GUILLOT.

C'eſt avec cette clef que la cave on crochette.

POT.

C'eſt avec cette clef qu'on ouvre tous les huis.

RA-

* Il fait ſonner de l'argent & les 2. autres demême.

R A F I N.

C'est avec cette clef qu'on bouche tous pertuis.

G U I L L E M.

On ne me paye pas avec des balivernes.

G U I L L O T.

Ne peut-on pas tenir des discours de Tavernes?
Quoy ? n'est-il pas permis en exerçant les pots
De rire a cœur ouvert au recit des bons mots.

G U I L L E M.

De rire a cœur ouvert ? il m'est bien dificile,
Sçachant de bonne part que ta bourse est sterile.

G U I L L O T.

Ha ! j'entens le sujet de ton morne chagrin.

G U I L L E M.

Ha ! j'entens le caquet d'un homme sans florin.

G U I L.

Cela ne s'ensuit pas.

G U I L E M.

Et moy j'en suis certaine.

G U I L.

Il faut à ce moment te retirer de peine.
Racontant une fable inventée à plaisir.

G U I L E M.

Sçachons-là.

G U I L.

Je le veux puisque c'est ton desir.
Tu sçauras qu'ayans veu Fringalette à la porte.
Curieuse d'oüir nos entretiens : de sorte

C 4

Que

Que demeurans toûjours dans nos discours badins,
Comme c'est l'ordinaire entre les francs taupins,
J'ay dit, en souriant, la voyant d'humeur noire
Qu'on avoit filouté mon argent à la foire.
Si bien que mes amis en même temps m'ont dit.
Qu'ils avalent toûjours sous espoir de credit.
Je jure, neanmoins par ma grosse bedaine
Que nous n'avons rien dit que pour te mettre en
    peine.
Sçachant bien que la fole écoutoit a dessein
De te conter le tout sans attendre à demain.

GUILEM.

Ta belle invention est certes peu subtile
Pour éclaircir mon doute & refroidir ma bile ;
J'estime ce discours tout autant qu'un beau rien,
Qui veut me contenter, faut qu'il me die tien.

RAFIN.

Coupe-là ton sermon, sans faire la revéche,
On ne doit écouter une femme qui préche.

GUILEM.

On la doit écouter préchant la verité.

GUIL.

Tu doutes donc encor de ma sincerité ?
Voila dequoy payer ton vin & ta viande. *
Tire, tire du bon.

GUILEM.

Donne-moy cette offrande
Puis je t'obeïray.

GUIL.

* Il montre une pistole.

GUILEM.

Me prens-tu pour un sot?

GUIL.

Il en faut encor plus pour effacer l'écot.

RAFIN.

C'est trop s'entretenir sur un sujet si fade,
Puisque Guillot & moy & nôtre camarade
Avons assés d'argent pour te bien. . . . .
Tire, tire du bon.

GUIL.

Je vay t'en presenter.

Mais a condition qu'en moins de demie heure
L'on retourne sans bruit châcun en sa demeure.

POTEL.

Souffre-nous seulement une heure aprez minuit,
Et nous irons tous trois chés-nous sans faire bruit.

GUILEM.

Je m'en vay donc remplir trois ou quatre bouteilles.

POT.

O! que ces mots charmans châtoüillent mes oreil-
les.

RAFIN.

Va, va, n'arréte pas. Apportes-nous du bon,
Et pour le bien goûter, la trenche de Jambon.

GUIL.

Nôtre Hôtesse est encor d'une humeur complai-
sante.
Je ne m'attendois pas de la voir si galante.

C 5   PO-

POT.

Bien loin de là , j'ay creu   la voyant enrager
Qu'il faloit déloger fans boire & fans manger ,
Maintenant tout y va & nous fait bonne mine.

R A F I N.

Deux chofes font l'hôteffe agreable & chagrine;
Montre-luy des écus , tu l'excite à chanter :
Demandes-luy credit , tu la fais lamenter.

G U I L.

Paix , je la vois venir , elle eft devant la porte.

G U I L E M.

Voicy tous vos fouhaits.

R A F I N.

Bien venu qui aporte.

P O T.

Aux armes Champions , deffens-toy vaillamment.

G U I L.

J'accepte le deffy. Donne-donc galamment.

P O T.

Prens garde , ce coup là s'en va droit à la bouche.

G U I L.

Pouffe , j'en fouffriray tres-volontiers la touche.

P O T.

Voila qui va de bon.

R A F I N.

O le brave efcrimeur !

Je m'en vay t'imiter.

GUIL

GUILLEMETTE.

Vive la bonne humeur
Jose bien publier sans aucune ironie
Que je prens du plaisir en telle compagnie.

GUILLOT.

Je croit que nôtre Hôtesse aura beu be son vin,
A dessein de parler Hebreux, Grec ou Latin :
Car elle a dit un mot qui n'est pas ordinaire.

POTEL.

Ironie en effet ne sent pas le vulgaire.

GUILLOT.

Vive la bonne Hôtesse. A sa Santé de six.

RAFIN.

Tope a cette senté, quant ce seroit de dix *

GUILLEM.

Sus, Messieurs faison fin.

POT.

Tu parle de rançune.
Avant finir il faut que je mange & petune,
Et que je moüille encore pour eteindre un brasier,
Qui passé dix-huit ans m'enflame le gozier.
Cependant fait le compte,

GUILLEM.

Aussi le vay-je faire,
Mais que chacun s'appréte à me bien satisfaire.

SCE-

*Aprez avoir beu il s'apuie sur la table & someille,

SCENE XI.

Guillot , Potelin, Rafin & Fringalette.

GUILLOT. *s'éveillant:*

Uel accident nouveau rend mes sens étourdis
　Que fait tu Potelin ? Ois tu ce que je dis?
Quelle deffluction me vient troubler la veuë?

POT.

Cher amy je ne sçait, La miene d'epouryeuë
De la vive clairté qu'elle avoit ce matin
Me conduit à rebours. O malheureux Destin!
Morboy je suis attaint de quelque malefice,
Quand je pense avancer, je marche en écrevice.

GUILLOT.

C'est un Astre nouveau qui domine sur nous:
Car mes pieds engourdis se servent des genous,
Et lor qu'obliquement je regarde la lune,
Il semble que j'en vois trois ou quatre pour une.

POTEL.

Dans l'estat où je suis, les clair flanbeaux des Cieux
Sont tous egalement éclipsés a mes yeux,
Rangry, je suis perdu, ma tête traversée
Est en un tourne main à tes pieds renversée,
Et mon pauvre estomach devoyé d'un tel choc
Degorge incessament hec & hac , hic & hoc,

RA-

RAFIN.

Par bleu c'eft fans raifon que tu me roms la téte.
Plus devient tu fçavant , & plus tu fais la bête.
Ne reconnois-tu pas que * l'ame du feftin
Te fait enfler le cœur pour cracher du Latin.
Guillemette a promis fans fard & fans ambage
Qu'avant fortir d'icy fon vin nous rendroit fage :
Qu'il nous feroit parler trois Langues fans rever
Pour moy je l es fçauray qu'ant j'en devroit crever.

POTEL.

Et moy je fuis fi plein de langue que je créve :
Neamoins tu vois bien que j'eftravague & revé.
Et même que fon vin ne fert qu'à moutrager ,
Il traverfe ma pance & mefait enrager ,
Si cela continue , en bonne foy je jure
Que mes boyaux rendront toutes leur garniture.

RAFIN.

Courage mon cochon , courage mon canard ,
Je te vois en eftat de chaffer le renard ;
Le voila paroiffant au bord de la taniere ,
Mais ne le laiffe pas échaper par derriere ,

POTEL.

La, la, la, le voila. la, la, le voila.

RAFIN.

Guillot mon cher amy quel renard eft ce là ?
Regarde, je te prie, il na ni cu ni tête.

GUILLOT.

C'eft pourtant un renard.
 * Le vin eft l'ame du feftin.

RA

RAFIN.

O la vilaine bête.

GUILOT.

Un renard, qu'ay-je dit? C'est plus-tôt un trefor
Qui vient nous figurer, un nouveaux fiecle d'or,

FRINGAL.

Un fiecle d'or vrayment, mais un fiecle d'ordure
Qui ne produit ici que de la pouriture,
Et de la puanteur. La pefte du pourceau,
Que n'eft, il dans la mer plongé jufqu'au mufeau.∗

RAFIN.

Laiffons-là barboter. Et voyant ees cicheffes
Remercions Bacus qui nous en fait largeffes

GUILOT.

Leve toy, leve-toy, regarde les prefens
De ce Dieu liberal. Offrons-luy nos encens.

POTELIN.

Dormons, dormons une heure en ce lieu delectable,
Aprez quoy, fans tarder, d'une mine agreable
Nous luy prefenterons nos veres & nos pots,
Sur le cul d'un tonneau bien parfumé de rots:
Car l'encens le plus fin que le monde luy porté
Eft toujours compofé d'une femblable forte.

GUILOT.

Il faut encor offrir nos cœurs & nos efprits
A ce grand favori de la belle Cipris:
Et le dormir paffé luy faire facrifice

D'un-

∗ *Elle fort & écoute a la porte.*

D'un flacon d'eau de vie avec un pain d'epice
Trois de bon vin d'espagne, & du meilleur d'Arbois
Autant qu'il en faudra pour animer nos vois
En les bien fredonnant aux gambade bachiques,
Quant nous feront à trois retentir nos musique,

RAFIN.

Toy comme son mignon, & premier favori,
Tu menera le branle & le charivari ;
Et tant nous vuiderons tour à tour un grand vase
Qu'à la fin nous feront ravis comme en extase.

POTELIN.

Je soufcris de grand cœur à cette invention

GUILLOT.

J'en suis d'accord aussi, mais a condition
Que celuy de nous trois qui le premier s'éveille
Ait soint de bien garnir le plat & la bouteille.

SCENE XII.

Fringalette, Guillem. Potel, Guillot & Rafin

FRING.

J'Entens que ces fripons parlent de reposer,
S'ils en ont le dessein, il s'y faut opposer,

GUILLEM.

Ie leur feray bien-tôt reformer ce langage
Demandant de l'argent où leur manteaupour gage,

Sça,

Sça, ça, payés l'écot sans parler de coucher
Si le dormir vous plait, l'argent m'est bien plus cher,
Ne pensés fermer l'œil sans me rendre contente.

POTELIN.

Que te faut-il guenon; Qu'est ce que tu demande?
Ne vois-tu pas de l'or au pied de ce tonneau?

GUILLEM.

De l'or? vrayment de l'or, mais de l'or de pourceau
Nuit & jour mes enfans, mes cochons & mes oyes
Me forgent sans marteau de samblables monnoyes.
Va-t'en conter ailleurs ces discours impudens.
Autrement de ce pot je te casse les dents.

POT.

Paix, paix, remets un peu ta colere en sa gaine.
A trop crier souvent on gaigne courte haleine.
A quoy bon ces transports, puisque tu sçais for bien
Que je t'ay la rendu ton liquide chrêtien.

GUILLEM.

Ne dis rien de mon vin, c'est une pure essence.

POTEL.

Pardon, deux fois pardon. Si ce discours t'offence
Et te chagrine trop, je veux me retracter,
Ton vin n'est pas chrêtien : mais je crains d'alterer
Et d'emouvoir encor ton humeur colerique
Si je dis sans flater que c'est un hidropique.

GUILLEM.

Hidropique ou chrêtien, je te jure, insololent,
Qu'il me sera payé pour un vin excellent.

RA-

RAFIN.

Tu luy demande à tort, puisque sans imposture.
Il t'a rendu ton vin, ta sauce & ta friture.

GUILLOT.

Il n'est rien de plus sur, le voila, tu le vois;
En bonne foy, veux-tu qu'on te paye deux fois.

GUILLEM.

Infame gadoüart, je souhaite qu'il n'entre.
Le reste de tes jours autre chose en ton ventre
Que ce que je reçois de son puant gozier.
Qu'on ne me fache plus. Vois-tu bien c'est acier?
J'en coupe & cetera, si vite l'on ne donne
Sans plus me grimacer, dequoy garnir ma tonne.

GUILLOT.

Hola, retirons nous. Rafin mon cher compere.
Rien n'est si dangereux qu'une femme en colere.
Il vaudroit beaucoup mieux nous en aller tous nus
Que nous faire couper les boulets de Venus.

RAFIN.

Pour moy, tout de premier, je veux ouvrir la bourse
De crainte d'encourir la rage de cette Ourse.
Tire monnoye aussi, sans beaucoup caquerer.
Guillemette viens cy, te plait-il de conter?
Aproche vitement, qu'est ce qui te retarde?

D   GUIL-

GUILLEM.

Tout premier il me faut quatre sols de moûtarde:
Cinq & demy de pain, de pâté vingt & un:
De pipes quatre sols, & treize de petun:
Dix huit de jambon, autant de carbonade:
Quinze d'un ris de veau, & dix d'une poivrade:
Sep pots de vin clairet, & deux de vray muscat,
Si bien que pour ta part faut tirer un ducat.

RAFIN.

Voila ton fait.

POTEL.

Morbleu comme diable on nous grille.

GUILLOT.

Il faut passer par là, nous logeons à l'étrille.

POTEL.

Faisons là recompter, il y a de l'erreur.

RAFIN.

Nous n'y gaignerons rien, je connois son humeur.

GUILLOT.

Tenons nous à cecy sans beaucoup contredire;
Crainte qu'en recomptant elle fasse encor pire.
J'ay veu plus de six fois l'écorcheuse Margot.
Compter deux ou trois fois en redoublans l'écot.
Tiens, voila ton argent, & crois je te suplie.
Que je suis ton amy.

GUIL

GUILLEM.

Et moy ta bonne amie.

POTEL.

Et moy je ne veux pas rester ton ennemy.

GUILLEM.

Quant tu m'auras payé, tu seras mon amy.

POTEL.

S'il ne tient qu'à cela, change moy la pistole.

GUILLEM.

Messieurs venés à moy, ça que je vous acole.
Faites moy la faveur de me revenir voir,
Et croyés que ceans vous avés tout pouvoir.
Embarbouillez la table, & parfumez la chambre.
De parfum du ponant au lieu de musc & d'ambre.
Pissés sur mes chenets, vomisses dans mes plats,
Devorez mes jambons, mangez mes cervelats;
Pourveu qu'aprés cela vous me rendiés contente.
Et que vous ayez soin de ma bonne servante,
Je jures sur la foy d'une Hotesse de bien,
Le fissiez vous cent fois, que nous n'en dirons rien.

D 2   FRIN

FRING.

Pour abreger le tems qui mointenant me preſſe.
Je me tient au diſcours qu'à tenu la Maitreſſé,
En concluant comme elle, & proteſtant à tous
Que le jaune & le blanc ont tout pouvoir ſur nous,

F I N.

8° B
578

LES IVROGNES